들꽃징역

김종수 시집

들꽃징역

달아실기획시집
15

달아실

일러두기

1. 본문에서 하단의)는 '단락 공백 기호'로 다음 쪽에서 한 연이 새로 시작
   한다는 표시임.
2. 보조 용언과 합성 명사의 띄어쓰기 등 본문의 맞춤법은 시인의 의도에
   따른 것임.

무명의 가수가 부르는
노래이지만
단 한 사람에게라도
닿을 수 있다면
천 년 이끼가 된들
어떠리
천 년 울어도
좋으리

2021년
김종수

차례

들꽃징역

시인의 말　　5

1부

백수시대　　12

반혁명反革命　　15

원스 어폰 어 타임 인 춘천　　16

이별애사離別哀思　　20

혁명　　22

바람도 쉬어 가는 춘천　　23

들꽃징역　　24

전쟁은 아직 끝나지 않았네　　26

꽃 소식　　27

침대 머리맡엔　　28

고남불턱　　30

서리꽃　　31

모도시　　32

탈고　　34

혼술 1　　35

2부

혼술 2   38

봄비   39

박쥐   40

삼월   41

어수룩한 도둑질   42

만추에 만취   43

굿바이 대한민국   44

옹이   45

그해 첫눈   46

핫팩   48

꽃샘바람   49

란타나   50

도원행 블루스   51

거미줄   52

결   53

3부

꽃밭에 물 주다   56

인생은 슬픈 노래   58

공평   60

하중도 — 대바지강   61

미련   62

긴 장마   63

둥글게 둥글게   64

춘배의 십팔번   65

김칫국물   66

여우   67

부부   68

58개띠   69

코로나 19   70

꿈의 대화, 정아   72

훈수   74

4부

먼나무 76

겨울장미 77

이별은 나의 일 78

바람 불어 좋은 날 79

시광부詩鑛夫 80

술래잡기 81

무명 시인의 묘비 82

낭만 가객 83

애주愛酒 84

돌단풍 85

할머니와 알배추 86

그의 이름을 잊은 것처럼 87

염낭거미 88

연애 89

눈 내리는 주막 90

발문 _ 낭만 가객이 부르는 슬픈 노래 • 박제영 91

1부

백수시대

1
백세시대라니, 개뿔 개나 줘버려

2
일정표가 텅 비었다
케 세라 세라
되는 대로 살 일은 아니겠지만
선술집 문지방에 흘리고 온
오늘의 입술 언저리 어디쯤
마침표 하나만은 콕 찍고 싶다
내일 것까지 미리 찍어둔들 별일이야 있을까
사라진 계단 텅 빈 가슴이야 늘 그렇다 해도
그대 눈가에 쉼표 송이송이 필 날은 언제일까

3
숙취가 기지개를 켠다
서둘러 문지방을 넘어야만 한다
오라는 곳도 없지만 갈 데도 마땅치 않다
인적 드문 곳을 골라 하릴없이 거닐다가

빈 벤치에 앉았다가
담배 연기 흐려지는 하늘만 바라보다가
가로수 진노랑 은행잎만 공연히 예쁘다가
뉘엿뉘엿 해는 지고
한 주전자에 하루를 담아야 할 거 같은데
가을비 내리면 정말 좋겠는데
뻔한 일기예보처럼
오늘 같은 내일들이 오랫동안 이어지겠지만
달리 묘책은 없다
부스스 깨어 문지방만 넘지 않으면
새로운 내일이 있을까

4
백세시대라는데, 백수는 어디로 가나

5
허구헌날 술래라네
나는 오늘도 술래, 꼭꼭 숨어서 찾을 수 없네
머리카락 보일까 꼭꼭 숨어버린

내일을 찾을 수 없네
아무리 뒤적여봐도 맨 그 얼굴 그 표정이네
술래 좀 바꿔줄 수 없나
술래 좀 바꿔줄 세상은 없는 걸까

반혁명反革命

길 없는 길을 찾기에 세상은
너무 어둡습니다
오래된 꿈이었지만 돌아보니 일장춘몽
휘발된 향기는 덧없고
지워진 길을 비추기에 혁명은
낡은 랜턴처럼 빛을 잃었습니다
향기를 잃은 혁명이라니요
빛을 잃은 혁명이라니요
혀끝의 혁명이라면 이제는 헤어지겠습니다
세 치 혀의 관념은 이제 칠성판으로 덮겠습니다
차라리 먼 산 숲속의 뻐꾸기가 되겠습니다
눈 먼 자들을 위해 노래하겠습니다

원스 어폰 어 타임 인 춘천

1. 기지촌 1977

캠프 페이지 가랑이 사이로 미시시피강이 흘렀고, 소양
강 처녀의 꿈은 끝내 태평양을 건너지 못했는데, 빠다 묻
은 달러만이 반쪽 나라의 희망이었지

기지촌 공주님들의 날개는 늘 젖어 있었는데 와싱턴에
선 폭죽 같은 별비가 밤마다 쏟아졌지

존 바에즈의 메리 해밀턴은 이슬처럼 스러졌는데 제국
의 전진 기지는 하늘을 찌를 듯이 코만 높았지

수많은 페이지들이 점령군처럼 춘천을 휩쓸고 다닐 때,
사쿠라 꽃비로 흩뿌리던 공지천 뚝방에선 이디오피아 커
피 향이 쏘울로 피어오르고, 국제 연인 한 쌍 영화처럼 키
스하고 있었지

미자의 아메리칸 드림이 경춘선 기차 바퀴에 깔렸을 때,
아이노꼬* 꼬맹이 마미 마미 울면서 고아원으로 갔는데,

마리화나 몽롱한 소양강 물안개 낮은 포복으로 흐느끼고
있었지

2. 벼랑 끝 난초**

오지 마
내 향기 맡으면 너도 불에 타고 말 거야

가지 마
내 영혼이 다 타버리고 말 거야

사는 게 참 허무해
어디든 데려가줄래?

오라는 건지 가라는 건지
취하고 취해서 울던 잿빛 꽃이 있었지

어둠보다 더 깊은 어둠 속에서

피지도 못하고 시든 꽃잎
붉은 눈물마저 타버린 청춘이 있었지

3. 명동의 오지라퍼

오지라퍼 그 친구 어디서 잘 사나 몰라

깜깜한 뒷골목 한귀퉁이 개나리촌*** 직행하는 샛길 있
었지
고딩 셋이서 담배 연기 연신 뿜어대고, 하얀 교복 단발
머리는 오들오들 떨고 있었지

-시방 이 시츄에이션은 뭐시여?
-뭐긴 뭐시여 어이 형씨가 께비****라도 되는겨?

낭심을 걷어찼지
아시바리 빨랐지
뒤통수 뜨끈했지

순간, 박치기 둔탁했지
피 맛은 찝찔했지
담배 까서 지혈했지

-어여 가!

달빛은 우라지게도 푸르렀던 그 시절
오지랖 넓은 칠흑의 명동 뒷골목

그 친구 지금도 오지랖 넓게 잘 사나 몰라

* 혼혈아의 비속어
** 근화동 춘천역 근처에 있던 집창촌
*** 춘천 명동 닭갈비골목 뒤 M백화점 근처에 있던 집창촌
**** 아버지의 비속어

이별애사 離別哀思

1. 여자

장맛비가 추적추적 내리네

진분홍 캐리어가 울고 있네

비에 젖은 여인이 울고 있네

장맛비 그칠 줄 모르고

여자도 어디로 갈지 몰라 울고 있네

2. 주관식

헤어짐의 이유는 언제나 주관식이네

사지선다四枝選多 객관식으로는 풀 수 없네

누가 옳은지 채점할 수 없네
〉

승자도 패자도 없네

3. 화살

시위를 떠난 화살이라네

정곡을 찔렀다네

그러니 누구의 잘못도 아니었네

4. 다시 여자

하루 종일 내리던 비가 그쳤네

비에 젖은 진분홍 캐리어를 끌고 여자가 가네

젖은 여자가 절룩거리며 멀어지고 있네

밤은 깊었는데 별은 보이지 않네

혁명

몰아쳐야 해
폭풍이 몰아치듯이
그래 혁명이야
내 사랑은
불온한 혁명
무뎌진 칼을 갈겠어
내 사랑을 위해
그래 혁명이야
더 뜨겁게 그대
더 가까이 그대

바람도 쉬어 가는 춘천

상계동 달동네에 바람은 불어
들꽃 씨 하나 바람 따라
안개 속으로 뿌리 내려 빛나던 날

사랑이란 스쳐지나가는 일
슬픈 인연을 위한 한 줄기 바람의 노래

안개가 한 송이 꽃을 지우던 날
모든 건 들꽃의 눈물을 위한 것
바람의 길은 바람만이 알 수 있지

들꽃징역

궁금증이 기어코 피를 불렀습니다

도주하려 했지만 현장에서 즉시 검거됐지요

(들꽃당국은 보호라는 명목으로 들꽃들을 실시간으로
감시했습니다)

살해당한 애기똥풀의 혈흔처럼 노랗게 질려 질질 끌려
갔습니다

들꽃재판정에선 조현병을 의심했지만 들꽃혐오증은 없
는 걸로 판명됐습니다

호기심 때문에 애기똥풀을 살해한 나는 얼마나 오래 징
역을 살아야 할까요

들꽃교도소 1사동 0.7평 독거방 습한 바닥에서 벌레가
되어 기어다니는 긴 악몽에 시달렸습니다
〉

꽃을 꺾은 죄수들은 백만 평 들꽃 노역장에서 쉴 새 없이 꽃을 가꿔야만 했지요

죄수들은 점점 꽃을 닮아갔습니다

그대를 그냥 보기만 해도 좋은 걸 뒤늦게 알았습니다

전쟁은 아직 끝나지 않았네

편한 길 선동하는 달콤한 혀를 조심하시게
혓바닥 뒤에는 치명적인 독니를 숨기고 있다네

두렵다고 비겁과 비굴의 길로 들어서지 마시게
투쟁이 거세된 그 길이
안전하고 안락해 보이는 그 길이
실은 신기루일 뿐이네

마침내 막다른 길에서 기다리고 있는 것은
천 길 낭떠러지, 뱀이 아가리를 벌린 채
그대의 투신을 호시탐탐 노리고 있다네

물러설 수 없는 전선, 배수의 진을 치고
결사투쟁 도원결의를 했던 동지들
지난 전투에서는 졌지만 전쟁은 아직 끝나지 않았네

지고 또 지면서 피고 또 피는 꽃처럼
그대 부디 꽃이 되시게
오늘은 졌지만 내일 또 피는
그대 부디 투사의 꽃이 되시게

꽃 소식

기다리는 꽃 소식 대신
우울한 소식이 연일 톱을 장식합니다
침도 안 바른 입술이 붉은 혀를 날름거립니다

우리가 꿈꿨던 혁명은 자취를 감추었는데
보세요
4차산업혁명 빅데이터혁명 스마트혁명
우리가 모르는 혁명들이 꼬리의 꼬리를 뭅니다
자본의 꼬리가 되어 살랑살랑 흔들고 있습니다

너나없이 말끝마다 상생을 얘기하지만
상생은 이제 혁명이 아니라 정치적 수사가 되었습니다

각자도생해야 하는 이 야만의 들녘에
혁명의 꽃은 언제 필까요
우리가 꿈꿨던 상생의 꽃은 언제나 필까요

침대 머리맡엔

침대 머리맡엔
오래전 읽은 윤동주와 이육사, 김수영과 박인환 그리고
최근에 읽은 어머시방 방주 전윤호와 보헤미안 아나키스
트 정현우와 꼴리는 대로 방외거사 박제영이 어지럽게 흩
어져 있다

침대 머리맡엔
오래전 덮은 그람시와 마키아벨리와 라캉과 마르크스,
막스 베버와 조지 오웰과 카잔차키스와 체 게바라가 널
브러져 있다

침대 머리맡엔
오래전 멈춘 모 노조 창립기념 탁상시계와 뭐가 감사하
다는 건지 알 수 없는 몇 개의 감사패가 흘겨보고 있다

그들에게 넌지시 말을 걸어보기도 하지만, 아무런 대꾸
도 없다
시도 이념도 투쟁도 혁명도 돌이켜보면
나는 너무 오랫동안 이방인이었다
〉

침대 머리맡엔

밤새 빠진 머리카락만 뺄셈의 세월을 웅변하고 있다

고남불턱

태백산 중턱 깊은 계곡에 작은 소가 있다는데
한여름 밤 이슥해져 별빛이 은은해지면
산 아랫동네 처자들 종종걸음으로 온다는데
처자들 서넛만 모여도
그 찬물 뜨끈해진다는데
훔쳐보던 남정네들 화끈해지면
볼 테면 봐라 까르르르
남녀상열지사 펄펄 끓는다는데

제주에도 태백산 그 작은 소가 있었네
해풍에 비릿한 살내가 살랑살랑 실려오면
뱃사내들 뜨거워 환장한단다
전복 같은 여인들 까르르르
올레길에서 맞닥뜨린
일몰의 고남불턱*

* 제주도 해변에 돌을 빙 둘러 막은 해녀 탈의소.

30

서리꽃

라라,
눈이 옵니다
하염없이 내리고 또 내립니다

지바고가 우는데
등 뒤에서 우는데
떠난 발자국도 우는데

눈은 펑펑 내립니다
쌓이고 또 쌓여서
마침내 그대에게 가는 길이 지워지고 있습니다

라라,
혁명 같던 사랑도 지워지려 합니다

시베리아 외딴 오두막 붙박이창
서리꽃 참 서럽게도 피었습니다

모도시

면허 따고 도로 연수 마친 딸랑구 후면 주차 연습시키는데

-좌로 우로 부드럽게 핸들 돌리고오~ 모도시, 모도시잇!

꾸욱 눌러 참았던 딸랑구 드뎌 터졌습니다

-모도시가 모예욤!

-아구야, 바퀴 수평, 일자로 하라굿!

-수평? 일자? 그건 또 뭐냐구욤!

-넌 강사한테도 글케 대들었니 엉!

-강사님은 승질 안 냈다구욤!

부녀지간 쌈 날 판인데, 심호흡 눌러 참고 모도시란 직선 도로 주행 시 핸들 상태라고 조곤조곤 꼬리 내렸지요 뭐 별 수 있겠습니까

-암튼, 모도시 그거 하지 마시라구욤!

-우쒸, 몬 가르치것다 니가 알아서 해랏!

그제서야 승질내서 미안하다고 합니다

-좌로 우로 모도시, 우로 좌로 모도시, 자고로 사람살이도 마찬가지여서 좌 클릭 우 클릭 적절히 클릭하고 전후좌우 잘 살피면서 몸도 맴도 수시로 모도시해야 하는

겨, 알았는가? 모도시!
　인생 훈수도 한 번쯤 둬보는 것인데
　-제 말이요, 자꾸 좌회전만 하시지 말라구욧!
　딸랑구 따박따박 한 마디도 안 집니다

　좌 돌리기 우 돌리기 없이 모도시로
　소주나 한잔 마시러 가야겠습니다

탈고

별 하나쯤 품어보기도 했습니다만
초승달에 가슴을 베이고 말았습니다

변하는 것이 순리인 줄 알면서도
슬픔의 궤적을 미처 보지 못한 까닭입니다

봄비가 내린들 예전 같진 않겠지만 이 비 그치면
실레마을* 돌담 옆 생강나무꽃은 예전처럼 피겠지요

무정한 그대를 지우지 못하는 나의 유정은
순리인지 무리인지 모르겠습니다

그대, 라는
여백이 있는 한 차마 탈고할 수는 없을 것 같습니다

* 춘천의 김유정이 나고 자란 마을.

혼술 1

비가 내려서 혼술을 마시는지
혼술을 마셔서 비가 내리는지

하여튼
비가 내리네

쇼스타코비치 2번에 실려
술잔 속에도 비가 내리네

선술집 양은 주전자 꼭지에도 비가 내리는데
저마다 제 설움으로 빗물 같은 탁주를 따르는데

사분의삼 박자로 취한 비가
주룩주룩 춤추네

젖어야 할 때 젖지 못하면
얼어 죽을 낭만은 개나 주라 하네

2부

혼술 2

누구라도 그러하듯이*

그리워서 술을 마시고

가득 찬 눈물 너머로*

빈 잔 속에서 추억을 뒤적거리지

---

* 배인숙의 노래, 「누구라도 그러하듯이」(1979).

봄비

눈물 같은 봄비 내리네

처마 아래 낙숫물이 만든
눈물샘 같은 물웅덩이 위로
연분홍 꽃잎 하나 찰랑찰랑 떠 있네

헤어지기 싫어서
보낼 수가 없어서
연분홍 치맛자락 잡아당기네

눈물이 흘러넘치면 어쩌나
꽃잎도 따라 가버리면 어쩌나
어쩔 줄 몰라 어찌할 줄 몰라

봄비 흐느끼네

박쥐

어서 어둠이 왔으면 좋겠네

산다는 일이
너무 눈이 부셔

풍물시장 선술집 구석에 앉아
막걸리를 따르며 어둠을 기다리네

낮의 그대를 지우려 취하고 또 취해
별 없는 어둠 속으로 사라져도 좋겠네

삼월

그해 삼월
때 없이 눈이 내리고
아홉 시 남춘천발 기차를 기다렸지

"언젠간 가겠지 푸르른 이 청춘 지고 또 피는 꽃잎처럼"
역전 주점엔 산울림의 「청춘」이 낮게 깔리고
먹먹한 술잔을 말없이 나누다가
눈물은 의미 없다며
우리는 서로 웃기만 했지

마침내 밤 아홉 시
기차는 떠나고
봄눈이 꽃처럼 내렸지
젖은 눈이 텅 빈 역을 하얗게 흩날렸지
꽃잎처럼 꽃잎처럼

어수룩한 도둑질

씨도둑은 못 한다지만
시 도둑질도 못 할 일이지요

시인의 마음을 읽다가 그만
푸른 가슴 한 조각 훔치고 말았지요

진품만 사고파는 장물아비에게 넘겼을 때
대가 없이 따귀만 열 대 맞았지요

곰곰이 생각해도 조금은 서럽던 날
터덜터덜 뚝방 질러 선술집 홀로 가던 그 밤

칠흑의 하늘에는 별비만
별비만 우라지게 쏟아지고 있었지요

만추에 만취

세상사 꽃 같을 때면
꽃까!
일갈하는 겁니다

가을비 오니 어떠세요?
꽃나게 좋아 죽겠습니다

낭만도 없는
꽃까!도 못 하는
그런 시는 개나 줘버리겠습니다

꽃 같은 세상, 딸꾹
꽃처럼 허벌라게 폈다 졌습니다
꽃 같은 세상, 딸꾹
꽃같이 붉게, 붉게 취했습니다

꽃나게 좋아 죽겠습니다
딸꾹

굿바이 대한민국

웬수니까 물어보지도 말라면서
툭하면 자석 눔들 보고잡다
청승맞게 눈물 빼던 김녕감

사는 게 모 별건가 아등바등 사는 거지
찌그덕거리는 무릎꼬뱅이로
그보다 더 찌그덕거리는 구르마를 끌던 김녕감

이 골목 저 골목 아등바등 뒤져서
구깃구깃 구겨진 박스 더미를 구겨 싣고
그보다 더 구겨진 하루를 끌고 가던 김녕감

박스 팔아서 붉은 구름 한 조각 사겠다더니
두둥실 구름 타고 떠나고 싶다더니
굿바이 양아치 천민자본!
굿바이 대한민국!
정말로 굿바이, 훌쩍 가버린 김녕감

김녕감 끌구 댕기던 구르마나 인수해야겠다

옹이

묵언할 수밖에 없는 슬픔들

스스로 삭이거나 삭힐 수밖에 없는 상처들

누구나 속가슴에 몇 개쯤은 박힌 채

꾸역꾸역 살아내고 있다

그해 첫눈

진흥여객노조 김인철 지회장이 노동자들의 기본적인 권리를 지켜달라고, 누군가의 목숨이 필요하다면 내가 목숨을 내놓겠다며, 홀로 30미터 춘천시외버스터미널 조명탑에 오른 지 70일째 되던 그날, 30미터 허공에 매달린 목숨이야 아무 일도 아니라는 듯, 뉴스는 올해 첫눈이 내렸다는 소식만을 전하고 있었지

눈발 흩날리는 공중에 그가 둥둥 떠 있었지
출구를 찾아 오른 허공이었지만,
허공에는 출구가 없다는 걸
우리는 알고 있었지

조명탑이 바람에 흔들려도
하늘도 세상도 끄떡없다는 걸
정작 위태로운 건 지상의 사람들이란 걸
우리는 알고 있었지

-김 동지, 나 이제 그만 훨훨 날아 가버릴까?
-개구쟁이가 눈에 밟혀 그리할 수도 없겠지.

-먹고 싸는 건 왜 또 이리도 번거로운지, 밥통 요강은
내려야겠네.
-김 동지, 집에 치킨 하나 시켜주시게. 내려가면 갚겠네.

기약 없는 투쟁이었고,
속절없는 눈발만 시리게 흩날렸지

핫팩

너 때문에 흔들리고

너를 위해 흔들렸으니

너의 시린 가슴에

슬그머니

나를 넣는다

꽃샘바람

바람으로 무장한 게릴라 세력들

언덕 너머
숲을 나와 들을 건너고 강을 건너고
순식간에 작전은 시작됐다
선전포고도 없었다

영문도 모른 채 꽃잎들 졌다
피었으면 지는 게 순리
조금 먼저 진들 무에 서러웁겠나

어차피 전면전은 아니었으니
교란이 목적이었으니
이내 잦아들 소소리바람인 것을

시샘 견뎌낸 꽃잎들 위로
마침내 봄볕이 따사롭지 않은가

란타나

어제는 흰색이었다가 오늘은 노란색이 되지요
한여름부터 겨울 초입새까지
분홍에서 빨강까지
카멜레온처럼 색을 바꾸는 꽃입니다

색을 바꿀 때마다 아프고
아픈 만큼 독을 품어야 하는
참 모진 운명의 꽃입니다

그대가 꼭 그랬지요
칠변화七變花 같았던 그대

그동안 얼마나 변했을까요
그동안 얼마나 아팠을까요
그동안 또 얼마나 독을 품었을까요

지금은 어떤 색으로 피어 있을까요

도원행 블루스

저 산 꼭대기 구름이나 바람들끼리
우듬지 하나 흔드는 일입니다
알지요?
비만 오면 별이 뜨는 곳
눈 펑펑 내리면 휘영청 달이 뜨는 곳
도원행 종점입니다
가져오신 물건은 모두 잊으시고
빈손으로 내리시길 바랍니다
목적지는 벼랑길 돌고 돌아 조금만 가면 됩니다
꼭 기억하시길 바랍니다
이정표는 안개뿐이란 걸
부디 무사히
늦지 않게 돌아오세요
안개 걷히고 복사꽃 지면 바로 귀속歸俗합니다
딸꾹,

거미줄

얼마나 간절하면

허공 가득

빼곡하게 그물을 엮었을까

함부로 걷어내려 하다니

밥그릇 남김없이 걷어차면 누군들 좋겠느냐

곁

나는 누구의 곁이었나
어디서 어떤 곁이었나

그대가 나의 곁이 아니라면
그대의 곁은 누구인가

때로는 곁가지 같은 서로가
서로의 곁을 탐한다는 건
얼마나 눈물 나는 곁인가

한겨울 밤, 눈 내리면 그대는
누구의 곁에서
사락사락 단꿈을 꾸겠나

3부

꽃밭에 물 주다

이풍진개새끼*는 온 데 간 데 없지만
이 풍진세상 벗어나 홀로 사는
현우의 산골 작업실 잔디밭은 여전하구나
여여하게 흐르는 달빛 푸르러 좋고
녹두전에 밀주라도 좋구나

뻐꾸기 소리 가는 바람 붙잡아서
술잔마다 풍덩풍덩 빠뜨리니
어찌 가무를 마다하리
누구라 할 것 없이
절로 어깨가 둥실거리고
너나없이 어화둥둥 가락을 얹는 것이니
황진이도 매창이도 울고 가려나
절창이 따로 없어라

다정도 병인 양 흐드러지게 놀다보니
올 것이 온 것이라
화장실 찾기도 귀찮구나
에라 지천에 널린 것이 소피볼 데인데

골 깊은 예서 보긴 누가 본다고
도랑 치고 가재 잡자꾸나
꽃밭에다 술 탄 물을 가득 가득 부어주니
뜨거워라 위메 뜨거워라
이 꽃 저 꽃 붉디붉게 화등잔불 피우는 거라
에헤라디야 이 꽃 저 꽃 불콰해지는 거라

망측해라
구름에 숨어 엿보는 달님아
옜다 너도 한 사발 받아라

* 화가이자 시인인 정현우가 키우던 개 이름.

인생은 슬픈 노래

한 순배 두 순배 돌고 또 돌지
누구나 십팔 번지 사연도 많지

어디서 왔다 어디로 가나*
돌아보면 내 인생
그대가 그리워 서러운 날**들
그대가 보고파 그리운 날**들
슬픈 노래만이 술잔을 가득 채웠네

세 순배 네 순배 돌고 또 도네

한없이 걸었습니다 당신 아닌 다른 사람과**
원샷!
아무리 몸부림쳐도 인생이란 알 수가 없네*
원샷!

돌고 도는 술잔처럼
돌고 도는 물레방아 인생***이라지만
슬픈 노래만이 술잔을 가득 채웠네
〉

노털카 원샷!****

공평

천원떡볶이소주두병사이
이천원오뎅소주한병사이

공평한가요?

술과술잔사이
입술과키스사이
살내와속살사이
향기와촉감사이
구름과별빛사이

그대와나
사이사이, 틈, 사이
빗줄기틈꽃비사이
눈폭폭내리는사이
부딪치는눈빛사이
그, 틈, 사이사이

정말 공평한가요?

하중도
— 대바지강

잃어버린 것보다 지워버린 게 많아
아마도 한평생
안개를 먹고 살아 그럴 것이네

바닥까지 투명한 강 흐르고
여우비 내리면
섬 건너 쌍무지개 뜨곤 했지

호수와 안개를 게우는 강 사이
그대와 나의 아주 조금의 사이
사이로 도화桃花 지네

미련

아주 오래된 그날이
어제처럼 선명한 까닭을 나는 모릅니다

다시는 오지 않겠다며
다시는 만나지 않겠다며
매정하게 발길을 돌렸던 그날

비틀거리는 밤길을 걸어가는데
푸른 달빛도 따라 휘청거렸지요

그날 이후
아주 오래 떠돌아다녔습니다

그 사이 붉은
명자는 피었다 졌습니다

명자는 지고 없는데
오래되어도 아주 오래된 그날이
아직도 아픈 까닭을 나는 모릅니다

긴 장마

장마전선은 물러설 기미조차 없는데
전남 구례에서 실종된 소가
경남 남해 외딴 섬에서 발견됐습니다

임신 4개월 되었다는 그 소는
놀랍게도 환하게 웃고 있었습니다

소를 찾았다는 소식에 주인은 한 걸음에 달려갔습니다

이상한 일이지요
소는 주인을 완강히 거부했습니다
결국 소는
강제로 배에 태워져 질질 끌려 뭍으로 나왔습니다

카메라 플래시가 사방에서 터졌지요
하지만 더 이상
소의 미소는 볼 수 없었습니다

소가 꾸었던 한여름 밤의 꿈
무인도 해방의 꿈은
그렇게 막을 내렸습니다

둥글게 둥글게

마침내 닳고 닳아서
둥글게 둥글게 모든 게 둥글어집니다
철학도 이념도 사랑도 이별도 그랬습니다

목마를 타고 떠난 숙녀*는
계절이 바뀔 때마다 연분홍 편지를 보내왔지만
내 마음을 흔들던 붉은 문장도
행간 사이로 들리던 슬픈 노래도
결국 둥글어졌지요

세상의 모든 모서리는
링가링가링가** 자꾸만 닳아갑니다

보세요 저 둥근 것들

* 박인환의 시, 「목마와 숙녀」.
** 동요, 「둥글게 둥글게」(정근 작사, 이수인 작곡).

춘배의 십팔번

땅거미 지고 소양강변 어스름해지고
서산 붉은 노을 윤슬로 반짝일 때면
고독을 붓질하는 춘배를 아시는지요?

귀는 어두워도 눈은 해맑은 화가
타향살이 모르고 춘천 토박이로 평생을 살았는데
안개를 벗 삼아 삼십 년 넘도록 갈대를 그려왔는데
어쩌다 몇 잔 술에 거나해지면
그가 가슴으로 부르는 노래가 있습니다
돌아서 눈 감으면 잊을까 정든 님 떠나가면 어이해
김현식의 「사랑했어요」는 춘배의 십팔번입니다

세상만사 근심 걱정 강물에 흘려보내고 싶다면
고독하다고 느낀다면
옛사랑 그리워 차마 못 잊겠거든
춘천으로 오세요

춘배의 갈대가 춘배의 노래가
당신의 시름을 잊게 할지
혹시 모르는 일이니까요

김칫국물

느티나무 가지 위로 달빛 시린 겨울밤
-이보시게, 김칫국물 넉넉히 퍼 오시게
-김치 숭숭 썰고 미원 살짝 넣고 찬밥 말면 제격이지
피안도식 겨울나기 밤참이었네

혈혈단신 월남한 피안도 박치기
빨갱이 간나새끼, 는 최악의 욕이었지
먼 훗날의 주문 같은 빨갱이 간나새끼
껍딱지처럼 바짝 붙어 함께 먹었네

장독 속 김장김치 폭폭 익어가고
포실포실 눈 내리던 하얀 겨울 밤
땅 한 평 고린전 하나 남김없이 탕진하고
빈손으로 돌아갔네
빨갱이 간나새끼, 라는 말도 돌아갔네

양말 두 켤레 신던 평범한 겨울이었지

여우

딱 한 번 뒤돌아봤지요

젖은 눈이 흔들렸던가요?

돌아갈 길은 이미 지워졌어요

안개로 스며드세요

숲속 바람 불면
그대 바람이거니 잎새로 흔들릴게요

등잔불 가물가물한 밤
오두막 사립문이 열렸습니다

부부

잔소리 마디마다 서로 포개진다
라는 말

포개져 마침내 평생 동지가 된다
라는 말

그런 말도 안 되는 말이
그런 터무니없는 말이
말이 되기도 하는

부부
라는 말

58개띠

돌아보면 광풍과 노도의 세월
반려견은커녕 들판을 헤매었지

길들여지지 않은 들개 한 마리
길들여질 수 없는 들개 두 마리
집개가 될 수 없는 들개 세 마리
역마살에 올라탄 채 광야를 질주하네

허구한 날이 서러운 날이었으니
허구한 날이 질풍노도의 날이었으니
그렇게 생겨먹은 것이니
너나없이 다 그러려니
나잇값 못 한다 철없다 하지 마시길

코로나 19

1. 자본주의

저 빗장 이 빗장 앞다퉈 걸어 잠급니다
확산을 막겠다고 미연에 막겠다고
언제부터 돈보다 인간이 우선이었던가요
너나없이 닫힌 국경 갈 곳 몰라 헤매입니다

따듯한 자본주의라니요!
증식 본능
폭식 본능
착취 본능
자본의 유전자는 본래 그런 것인데
따듯한 자본이라니요!

역병을 박쥐 탓으로 돌리지 마세요
자본이라는 짐승이 진짜 감염원입니다

2. 파르티잔

국제파르티잔동맹은 뿔났습니다
〉

불공정과 불평등은 가라
무한경쟁과 승자독식은 가라

레드카드를 꺼내들었습니다

레드카드로도 안 된다면
일거에 갈아엎어야 합니다

3. 케 세라 세라

참 이상하죠
사람들은 죽겠다고
아파 죽겠다고 저리 아우성인데
케 세라 세라
봄은 오고 봄비가 내립니다
사람들이야 죽건 말건
케 세라 세라
꽃은 피고 피어 만발합니다

꿈의 대화, 정아

흰 눈이 온 세상을 깨끗이 덮으면
작은 불 피워놓고 사랑을 하리라*

이십 년 전 노래방에서 함께 불렀던
꿈의 대화

내게는 흐려진 추억 속의 옛 노래일 뿐인데
정아의 십팔번이 되었네

산기슭 호숫가 통나무집에서
정아는 지금도 별빛을 헤아리며 살고 있네

기다려달라던 그 말 거짓인 줄도 모르고
정아는 지금도 꿈을 꾸며 살고 있네

이십 년이 지난 어느 날
흰 눈이 내리는 호숫가에서 나는 보았네

화목난로 연기 피어오르는 오두막집

쪽창으로 새어나오는 정아의 노래

작은 불 피워놓고 정아는
꿈의 대화를 아직도 끝내지 않았네

* 이범용·한명훈의 노래, 「꿈의 대화」(1980년 대학가요제 대상 수상 곡).

훈수

2021년 2월 19일 노동자의 벗이었던 백기완 선생의 하
관식이 모란공원에서 열렸다 전태일 곁에 나란히 누워 영
원한 잠에 들었다

사랑도 명예도 이름도 남김없이*
한 줌 흙으로 돌아갔다

아니다
목숨을 걸어라
일생을 걸어라
노나메기 잊지 마라
아직 산 자들아
따르라
살아서 싸우라
훈수는 남겼구나

사랑도 명예도 이름도 남김없이
선생은 떠났어도
묏비나리 훈수는 남았구나

* 백기완 詩, 「묏비나리」.

4부

먼나무

먼나무 저 붉은 열매를 쪼아 먹다가
새들도 붉게 물든다지
푸른 바다마저 붉어진다지

남도에서는 겨울도 붉다네
남도에서는 겨울이 더 붉다네

물질 끝낸 첫사랑 먹먹해지듯
붉었던 먼나무도 마침내 시커멓게 타들어간다는데
육짓것들은 모르는 사연이라는데

제주에 와서 먼나무를 보았네
멀어도 너무 먼 나무를 보았네

겨울장미

철도 모르고 피는
철부지 꽃이
아닙니다

미련을 버리지 못해 피는
미련퉁이 꽃이
아닙니다

철없는 당신을 위해
미련한 당신을 위해
당신이 길을 잃을까봐

오롯이
겨울에도 꽃을 피웠을 뿐입니다

이별은 나의 일

역마살을 타고났으니
이 별에서
내가 해야 할 일은
오직 이별입니다

언약은 아침 이슬과 같고
미련은 뜬구름과 같다는 걸
깜박했군요
떠나는 일에도 잠시 소홀했습니다

그러니 나를 붙잡으려 하지 마세요
슬퍼하지도 마세요

이 별에서 나는 아침 이슬
이 별에서 나는 뜬구름
이 별에서 이별은 나의 일이니까요

바람 불어 좋은 날

바람피운다는 말은
언어도단이라네

불륜은 사람의 일
바람의 일이 아니라네

바람의 일은 그저 꽃을 피우는 일
바람이 불면
빨간 꽃 노란 꽃 천지사방 꽃 핀다네

바람의 일은 그저 꽃을 춤추게 하는 일
바람이 불면
빨간 꽃 노란 꽃 천지사방 춤을 춘다네

바람의 길에 어디 궤도가 있던가
불륜이라니 탈선이라니
가당치 않네

시광부 詩鑛夫

그대 안의 원석을 캐려 하지

표층에 박힌 사랑과 이별을 캐고
중간층에 박힌 쓸쓸함과 서러움을 캐고
마침내 바닥까지 내려가 고독과 허무를 캐지

언어의 막장에 다다를 때까지
어둠을 캐고 또 캐지

마그마 솟구칠까 두려운가
두려우면 그만 예서 멈추라 하네

술래잡기

꼭꼭 숨어라 머리카락 보일라

처음부터 술래는 아니었는데
언제부턴가 술을 마시면
안개가 내립니다

꼭꼭 숨어라 머리카락 보일라

술을 마시면
그리운 것들이 모두 안개가 됩니다
안개 속에서 나는 술래가 됩니다

꼭꼭 숨어서 머리카락도 보이지 않습니다

무명 시인의 묘비

아무 것도 비추지 못한 채
늙은 별 하나 우주 끝으로 사위어가듯

불빛도 관중도 없는 순회공연을 끝내고
무명의 배우가 무대 바깥으로 사라져가듯

나도 머지않아 끝내 무명이었던 이름과
아무도 읽지 않은 문장들을 지워야 하겠지요

그래도 묘비명만은 남겨야겠습니다

꼴릴 때 쓰고 꼴리는 대로 쓰고 꼴리도록* 쓰다가 여기
잠들다

* 박제영의 시, 「꼴릴 때 쓰고 꼴리는 대로 쓰고 꼴리도록 써라」.

낭만 가객

어려서는 어줍잖은 깡패로
아그들 데리고 뒷골목을 돌아쳤습니다

젊어서는 노동자로 데모꾼으로
동지들과 함께 반생을 돌아쳤습니다

걸어온 그 길들이
어느새 어느 모퉁이에선가 사라지고
설익은 치기도 두근거리던 혁명의 꿈도
붉은 노을 속으로 저물고 있습니다

그래도 다행입니다
낭만은 아직 남아 있으니 말입니다

인적 없는 밤 골목길에서 빈 술병으로 뒹군다 해도
정처 없이 흐르다 길을 잃는다 해도
달빛의 푸른 서슬에 가슴을 베이는 낭만은 남았으니
남은 생 낭만 가객으로 사는 것도
괜찮은 일이지요

애주愛酒

누군가 자꾸 그리워지면
햇살도 어두워지는 때가 있지요

술을 왜 마시냐구요?

술 한 잔에 한 사람씩 건너는 중입니다

술 좀 작작 마시라구요?

건너야 할 사람이 왜 이리도 많은지요
어쩌겠습니까?
건너야 할 어둠이 이리도 많은 것을요

돌단풍

인적 없는 산속
깊은 골짜기
날이 저물어 헤매다가
문득 보았네
보고야 말았네
천 년 묵은 바위 이끼 사이로
하얗게 핀 돌단풍꽃을
바위에 걸터앉아
그 하얀 속살을 훔쳐보다가
서러워지는 것인데
달빛 푸른 밤마다
그대만 볼 수 있다면
천 년 이끼가 되어도 좋겠다
이끼로 살아도 좋겠다
서러워도 좋겠다
길을 잃은 것도 잊어버렸네

할머니와 알배추

아파트 앞 버스정류장을 지나치려는데
할머니는 석양처럼 뉘엿뉘엿 졸고
좌판에는 팔고 남은 알배추 몇 개가 떨고 있다

눈발은 어지럽게 날리고
바람은 손이 시리도록 부는데
한 생은 졸고 또 한 생은 떨고 있다

내 비록 백수라지만
그냥 지나칠 수는 없는 노릇
-할머니 남은 알배추 전부 얼마예요?

오늘 저녁은 배추된장국으로 쓰린 속이나 달래야겠다

그의 이름을 잊은 것처럼

하필이면 비가 와서
풍물시장 왕대포 선술집
날궂이하러 온 것인데
그가 반갑게 웃으며 악수를 청한다
하필이면 이름이 생각나지 않아서
막걸리 너머로 힐끗거리다가
누구더라 누구였더라 아무리 생각해도
떠오르지 않아
슬그머니 구렁이 담 넘듯
그의 이름을 포기한다
오늘은 그의 이름을 잊었지만
언젠가는 눈보라 시린 거리에서
삭풍에 떨고 있는 나를 내가
유령이 되어버린 나를 내가
구렁이 담 넘듯 스쳐지나갈 지도 모르겠다
그의 이름을 잊은 것처럼

염낭거미

오늘은 이끼 낀 바위틈에 고단했던 생을 누이기로 하네

숙명 같은 집시의 삶이었지만
마침내 방랑 끝내는 내일이면
나의 무덤이자 내 자식들의 요람
마지막이자 처음인 영원의 집을 지어야 하네

아가들아,
고사리순 같은 첫 침을 어미에게 꽂으렴
살과 피와 마지막 체액 한 방울까지 내어줄 테니

내일은 밤이슬 내리는 숲속 썩은 나뭇등걸로 사라지겠
네

연애

절대 권력은 절대 부패한다는 말
아시는가
연애란 말 믿어서는 안 된다네
연애는 유효기한이 너무 짧아서
결코 발효되지 못한다네
절대 연애는 절대 부패하는 법
연애는 늘 적당한 거리를 두는 것
내 의식의 시간표에 그대를 맞추지 않는 것
연애도 사랑도 그러니 서로를 방목하는 것이라네

눈 내리는 주막

당신이 떠나려는 지금
밤눈은 가로등 주변을 서성거리네
젖은 바닥을 향할 것이네

복기할 수 없는 장면들이
막막해지는 이슥한 밤에는
눈 내리는 주막으로 갔었지
눈보라가 엿보던 구석진 자리였었지

그때 그 자리
막 도착해 눈을 털고 있는 빈 잔에
레너드 코헨과 어제의 시와
가면 오지 않을 당신을 채우겠네

눈이 내리네 당신이 가버린 지금*

* 최유나의 노래, 「눈이 내리네」(살바토레 아다모가 부른 샹송 "Tombe La
  Neige" 번안곡).

낭만 가객이 부르는 슬픈 노래

박제영

(시인)

1

이룰 수 없는 이와 사랑에 빠졌을 때 / 너무나 사랑하여 이별을 예감할 때 / 아픔을 감추려고 허탈히 미소 질 때 / 슬픈 노래를 불러요 슬픈 노래를 // 밤늦은 여행길에 낯선 길 지나갈 때 / 사랑은 떠났지만 추억이 자라날 때 / 길가에 안개꽃이 너처럼 미소 질 때 / 슬픈 노래를 불러요 슬픈 노래를 // 어린아이에게서 어른의 모습을 볼 때 / 너무나 슬퍼서 눈물이 메마를 때 / 노인의 주름 속에 인생을 바라볼 때 / 슬픈 노래를 불러요 슬픈 노래를

　　― 김광석, 「슬픈 노래」 전문

　　김종수 형의 시집 발문을 써야 하는데, 서두를 어찌 쓸까 고민하다가 에라 모르겠다, 김광석의 노래 「슬픈 노래」를 듣는다. 시집을 다 읽었다면 독자들도 이미 공감했

을 터. 김종수 형의 이번 시집은 자꾸만 흘러간 옛 노래들을 소환하는 거다. 어느 선술집으로 가서 탁주 한잔 마시면서 옛 노래를 들으면 딱이겠다 싶은 거다. 시집 속의 많은 시편들도 어쩌면 그렇게 해서 만들어지지 않았을까 싶은 거다. 가령 「인생은 슬픈 노래」를 보자.

한 순배 두 순배 돌고 또 돌지
누구나 십팔 번지 사연도 많지

어디서 왔다 어디로 가나
돌아보면 내 인생
그대가 그리워 서러운 날들
그대가 보고파 그리운 날들
슬픈 노래만이 술잔을 가득 채웠네

세 순배 네 순배 돌고 또 도네

한없이 걸었습니다 당신 아닌 다른 사람과
원샷!
아무리 몸부림쳐도 인생이란 알 수가 없네
원샷!

돌고 도는 술잔처럼
돌고 도는 물레방아 인생이라지만
슬픈 노래만이 술잔을 가득 채웠네

노털카 원샷
—「인생은 슬픈 노래」 전문

위의 시를 보면, 교묘하다, 절묘하다 싶을 만큼 많은 노래 가사를 차용하고 있다(필자가 강조한 부분 참조). "어디서 왔나 어디로 가나"와 "아무리 몸부림쳐도 인생이란 알 수가 없네"는 윤시내의 노래「인생이란」에서 차용한 것이고, "그대가 그리워 서러운 날", "그대가 보고파 그리운 날", "한없이 걸었습니다 당신 아닌 다른 사람과"는 임지훈의 노래「꿈이어도 사랑할래요」에서 가져온 것이다. 그리고 "돌고 도는 물레방아 인생"은 조영남의 노래「물레방아 인생」에서 슬그머니 한 구절을 가져왔다. 참말로 교묘하고 절묘하지 않은가. 어쩌면 선술집에서 형은 술을 마시고 있었고 저 노래들이 흘러나왔을지도 모르겠다. 형은 단지 받아 적었던 것이고.

이렇듯 그때 그 시절을 떠올리게 하는 옛 노래, 그 노랫말을 차용한 시편들이 이번 시집에는 유난히 눈에 띈다. "누구라도 그러하듯이" "가득 찬 눈물 너머로"(「혼술

2」)는 배인숙의 노래 「누구라도 그러하듯이」를 버무렸고, "언젠간 가겠지 푸르른 이 청춘 지고 또 피는 꽃잎처럼"(「삼월」)은 산울림의 노래 「청춘」을, "둥글게 둥글게" "링가링가링가"(「둥글게 둥글게」)는 동요 「둥글게 둥글게」를, "흰 눈이 온 세상을 깨끗이 덮으면 / 작은 불 피워 놓고 사랑을 하리라"(「꿈의 대화, 정아」)는 이범용과 한명훈이 부른 듀엣곡 「꿈의 대화」를 버무렸고, "눈이 내리네 당신이 가버린 지금"(「눈 내리는 주막」)은 최유나가 부른 번안곡 「눈이 내리네」를 버무렸다.

위에서 인용한 시편들을 읽을 때면 시인이 버무린 노래들을 같이 들어야 한다. 그래야 좀 더 깊은 시의 풍미를 느낄 수 있을 테니까.

2

시가 / 날 찾아왔다. 난 모른다. 어디서 왔는지 / 모른다. 겨울에선지 강에선지. / 언제 어떻게 왔는지도 모른다. / 아니다. 목소리는 아니었다. 말도, / 침묵도 아니었다. / 하지만 어느 거리에선가 날 부르고 있었다. // (중략) 난 무슨 말을 해야 할지 몰랐다. / 입술은 / 얼어붙었고 / 눈먼 사람처럼 앞이 캄캄했다. / 그때 무언가가 내 영혼 속에서 꿈틀거렸다. / 열병 혹은 잃어버린 날개들. / 그 불탄 상처를 / 해독하며 / 난 고독해져 갔다. / 그리고 막연히 첫 행을 썼다. / 형체도 없는, 어렴풋한, 순전한 / 헛소리, / 쥐뿔도 모르는 자의 / 알량한

지혜.

　　―파블로 네루다, 「시」 부분

　　김종수 형은 이른바 시인 면허증이 없다. 신춘문예든
문예지든 등단 절차를 통과해야 비로소 시인 면허증을 취
득했다고 인정하는 세상의 기준, 세상의 잣대로 본다면
형은 그야말로 무면허 시인, 야매 시인인 셈이다. 하지만
형은 이미 2017년에 첫 번째 시집 『엄니와 데모꾼』(달아
실)을 낸 바 있다. 그리고 이번 시집 『들꽃징역』은 형의 두
번째 시집이다. 시중의 잣대로 보면 무면허 야매 시인이겠
지만, 형은 시중의 잣대로 잴 수 없는 '시'를 이미 쓰고 있
다.

　　시를 따로 배운 적이 없으니 형에게는 그 흔한 시 스승
도 없다. 언제 어떻게 왔는지 모르지만, 어느 날 그냥 문
득 시가 형에게 열병처럼 찾아왔을 것이다. 처음에는 무
슨 말을 해야 할지도 몰랐을 것이다. 하지만 무언가가 형
의 영혼 속에서 꿈틀거렸을 것이다. 그리고 형은 지금 좌
충우돌하면서 시를 앓고 있는 중일 것이다. 보라. 형의 이
어수룩한 시 도둑질을.

　　씨도둑은 못 한다지만

시 도둑질도 못 할 일이지요

시인의 마음을 읽다가 그만
푸른 가슴 한 조각 훔치고 말았지요

진품만 사고파는 장물아비에게 넘겼을 때
대가 없이 따귀만 열 대 맞았지요

곰곰이 생각해도 조금은 서럽던 날
터덜터덜 뚝방 질러 선술집 홀로 가던 그 밤

칠흑의 하늘에는 별비만
별비만 우라지게 쏟아지고 있었지요
　　　—「어수룩한 도둑질」 전문

　자신의 어수룩한 시 도둑질을 고백하는 형을 응원한다. "언어의 막장에 다다를 때까지 / 어둠을 캐고 또 캐"(「시광부詩鑛夫」)겠다는 형을 응원한다. "꼴릴 때 쓰고 꼴리는 대로 쓰고 꼴리도록 쓰다가"(「무명 시인의 묘비」) 죽겠다는 "낭만 가객" 김종수 형을 나는 응원한다. 마침내 세상에 유일한 김종수만의 詩꼴을 만들어내기를 그리하여 만리 시향을 품어내는 그날이 오기를 응원한다. 그날이 올

때까지 응원하고 또 응원한다. 형의 발문을 흔쾌히 즐겁
게 쓰는 까닭이다.

3

궂은 비 내리는 날 / 그야말로 옛날식 다방에 앉아 / 도라지 위스
키 한 잔에다 / 짙은 색소폰 소릴 들어보렴 // 새빨간 립스틱에 / 나
름대로 멋을 부린 마담에게 / 실없이 던지는 농담 사이로 / 짙은 색
소폰 소릴 들어 보렴 // 이제와 새삼 이 나이에 / 실연의 달콤함이야
있겠냐마는 / 왠지 한 곳이 비어 있는 / 내 가슴이 잃어버린 것에 대
하여

— 최백호, 「낭만에 대하여」 부분

최백호의 노래 「낭만에 대하여」를 인용한 것은 다시 말
하거니와 김종수 형 스스로 "낭만 가객"이라 말하고 있기
도 하지만, 그의 시집 밑바닥을 도도히 흐르는 정서가 낭
만인 까닭이다. 물론 자칫하면 낭만이 아니라 "라떼는 말
이야~" 하는 "꼰대의 주저리" 혹은 "꼰대의 낡은 추억담"
으로 떨어질 위험이 있긴 하지만, (낭만이란 낭만적인 말
이긴 하지만 얼마나 위험한 짐승인가 잘못 다루었다간
낭패 보기 십상이다) 다행히 형은 내로남불 사이에서 절
묘하게 줄타기를 하는 거다. "어려서는 어쭙잖은 깡패로
/ 아그들 데리고 뒷골목을 돌아"치고, "젊어서는 노동자

로 데모꾼으로 / 동지들과 함께 반생을 돌아"치다가 이제 "남은 생 낭만 가객으로 사는 것도 / 괜찮은 일"(「낭만 가객」) 아니겠냐고 하면서 형은 우리 가슴이 잃어버린 낭만을 펼쳐 보이는 것이다.

비가 내려서 혼술을 마시는지
혼술을 마셔서 비가 내리는지

하여튼
비가 내리네

쇼스타코비치 2번에 실려
술잔 속에도 비가 내리네

선술집 양은 주전자 꼭지에도 비가 내리는데
저마다 제 설움으로 빗물 같은 탁주를 따르는데

사분의삼 박자로 취한 비가
주룩주룩 춤추네

젖어야 할 때 젖지 못하면
얼어 죽을 낭만은 개나 주라 하네

― 「혼술 1」 전문

  형은 툭하면 혼술을 마시고 1917년 10월 볼셰비키 혁명에 바치는 교향곡, "(드미트리) 쇼스타코비치 2번"을 듣는다. 그러면서 "젖어야 할 때 젖지 못하면 / 얼어 죽을 낭만은 개나 주라"(「혼술 1」) 하면서, "낭만도 없는 / 꽃 까!도 못 하는 / 그런 시는 개나 줘버리겠습니다"(「만추에 만취」) 하면서, 자신만의 낭만을 시로 펼쳐 보이는 거다.

  몰아쳐야 해
  폭풍이 몰아치듯이
  그래 혁명이야
  내 사랑은
  불온한 혁명
  무뎌진 칼을 갈겠어
  내 사랑을 위해
  그래 혁명이야
  더 뜨겁게 그대
  더 가까이 그대
  ― 「혁명」 전문

사랑도 혁명이라는, 지난 날 낭만 같은 혁명을 꿈꿨던 형은 어쩌면 이제 혁명 같은 낭만을 꿈꾸고 있는지도 모르겠다. 타락한 세상을 구원하는 혁명의 한 방법으로써 형은 잃어버린 낭만을 재구축하려는 것인지도 모르겠다. 그러고 보니 낭만이 진부한 게 아니라 낭만을 진부하게 만든 세상의 타락이 문제였던 것. 낭만이란 기실 자비심이고 이타심이고 측은지심이란 것을 형은 자신도 모르는 사이, 지난한 삶을 통해서, 온몸으로 알고 있었던 것.

4

그는 코 흘릴 때부터 대바지강을 보고 자란 춘천 토박이다. 육십 평생을 춘천에서 나고 자랐다. 서른 즈음부터 세상이 "조까튼" 것임을 알고 노동운동가로서 길 위의 삶을 살았다.

― 전흥우

한때는 뒷골목의 깡패였고, 한때는 데모꾼이었고, 또 한때는 백수였고, 이제는 낭만 가객으로 시를 쓰겠다고 형은 그렇게 자신의 일생을 말한다. "시도 이념도 투쟁도 혁명도 돌이켜보면 / 나는 너무 오랫동안 이방인이었다"(「침대 머리맡엔」)고 고백한다. 하지만 다시 말하거니와 여전히 형은 혁명을 꿈꾸고 혁명 같은 낭만을 꿈꾼다.
어쩌면 형이 시를 쓰는 이유일 것이다.

세상사 꽃 같을 때면
꽃까!
일갈하는 겁니다

가을비 오니 어떠세요?
꽃나게 좋아 죽겠습니다

낭만도 없는
꽃까!도 못 하는
그런 시는 개나 줘버리겠습니다

꽃 같은 세상, 딸꾹
꽃처럼 허벌라게 폈다 졌습니다
꽃 같은 세상, 딸꾹
꽃같이 붉게, 붉게 취했습니다

꽃나게 좋아 죽겠습니다
딸꾹
— 「만추에 만취」 전문

형의 오랜 벗이자 아우인 전홍우는 김종수 형을 일러 "세상이 '조까튼' 것임을 알고 노동운동가로서 길 위의 삶을 살았다"고 했다. 그 말을 살짝 바꾸자. 앞으로 형은 '시인으로서 길 위의 삶'을 살 것이다. 이제 형은 이 조까튼 세상을 꽃 같은 세상으로 바꾸는 꿈을 꾸면서 여전히 길 위의 삶을 살 것이다. "역마살을 타고났으니 / 이 별에서 / 내가 해야 할 일은 / 오직 이별"(「이별은 나의 일」)이라고 고백하듯, 형의 타고난 역마살은 형이 무엇을 하든 피할 수 없는 형의 숙명이니까.

그대 안의 원석을 캐려 하지

표층에 박힌 사랑과 이별을 캐고
중간층에 박힌 쓸쓸함과 서러움을 캐고
마침내 바다까지 내려가 고독과 허무를 캐지

언어의 막장에 다다를 때까지
어둠을 캐고 또 캐지

마그마 솟구칠까 두려운가
두려우면 그만 예서 멈추라 하네
—「시광부詩鑛夫」 전문

시집 속에서 형이 풀어놓은 장면들, 세상을 살면서 어쩌면 한 번은 스쳤을 그 많은 장면들을 일일이 조명하고 싶었지만, 이런저런 핑계로 하지 못했다. 정작 하고 싶은 얘기, 해야 할 얘기는 하지 못했다. 차라리 잘된 일인지도 모르겠다. 어줍잖은 언어도단의 해설이 독자로 하여금 더 큰 오역을 빚을 수도 있을 터. 오히려 다행이 아니겠는가. 그러니 독자께서는 이 발문을 굳이 읽을 필요는 없겠다. 시집의 시를 모두 읽은 후에 그저 심심파적 삼아 읽겠다면 애써 말리지는 않겠지만 말이다.

끝으로 이 얘기는 하지 않을 수 없겠다. "형, 절대로 예서 멈추지 마세요. 형을 응원합니다."

들꽃징역

1판 1쇄 발행	2021년 8월 23일
지은이	김종수
발행인	윤미소
발행처	(주)달아실출판사
책임편집	박제영
디자인	전형근
마케팅	배상휘
법률자문	김용진
주소	강원도 춘천시 춘천로 257, 2층
전화	033-241-7661
팩스	033-241-7662
이메일	dalasilmoongo@naver.com
출판등록	2016년 12월 30일 제494호

ⓒ 김종수, 2021
ISBN 979-11-91668-09-4 03810